AF254219

LOUISE ET VOLSAN,

COMÉDIE.

EN TROIS ACTES ET EN PROSE,

Représentée pour la première fois, à Paris, par les Comédiens Italiens Ordinaires du Roi, le 2 Août 1790.

Prix 1 liv. 10 fols.

A PARIS,

Chez CAILLEAU & FILS, Libraires-Imprimeur, rue Galande, N° 64.

1790.

PERSONNAGES.	ACTEURS.
LE COMTE DE VOLMAR.	*M. Granger.*
VOLSAN , fon fils.	*M. Michu.*
SOPHIE , fa nièce.	*Mlle Rofe Renaud.*
D'ORIMONT , Peintre.	*M. Solié.*
LOUISE , fa fille.	*Mme St-Aubin.*
NANETTE , nourrice de Louife.	*Mme Goniier.*
CHARLES , Laquais du Comte.	*M. Cellier.*

(La Scène eft en Allemagne.)

LOUISE ET VOLSAN,

COMÉDIE.

ACTE PREMIER.

(*Le Théâtre repréfente un fallon de l'Hôtel du Comte de Volmar ; un métier, nne table, des fauteuils, &c.*)

SCENE PREMIERE.

SOPHIE, *feule, travaillant à la tapifferie.*

QUELLE fituation eft la mienne ! J'aime Volfan, oui, j'aime mon coufin : je cherche envain à me méprendre fur l'impreffion qu'il a fait naître dans mon cœur ; elle fut l'effet du premier regard que je portai fur lui, lorfque fon père me retira du Couvent, & me fit habiter dans cette maifon. Je

voudrais n'avoir que de l'amitié pour mon cousin ;
& lui !.. il a de l'amour pour une autre : je n'en
puis douter, il me l'a dit ; (*elle se lève.*) & il faut
que j'écoute ses cruelles confidences ! Ce que je dois
à la confiance qu'il me témoigne, aux liens du sang
qui nous unissent, tout m'ordonne de le détourner
de la malheureuse passion qu'il a conçue pour la fille
du Peintre Dorimont... S'il venait à s'appercevoir
que je l'aime, ilcroirait peut-être que mes conseils
étaient interessés. Que penserait-il de moi ? Ah !
J'en mourrais de honte & de douleur. Cachons s'il
se peut mon trouble.

SCENE II.

SOPHIE. VOLSAN.

VOLSAN.

Ah, ma chère Cousine !

SOPHIE.

Eh bien Volsan.

VOLSAN.

Vous voyez le plus tourmenté, le plus irrésolu
des hommes.

SOPHIE.

Si les consolations de l'amitié peuvent soulager
vos chagrins, parlez, je ferai tout ce qui est
en mon pouvoir pour rétablir le calme dans votre
ame.

VOLSAN.

Lorsque je suis près de vous, ma cousine, il me

semble que je souffre moins; vous avez l'air d'ê-
tre si attendrie de mes peines! Quand je vous
peins toute la force de mon amour pour Louise,
toute la tendresse du sien, je vous surprends à par-
tager mon émotion; & même, en ce moment, des
larmes sont prêtes à s'échapper de vos yeux. Si
j'eusse confié ma faiblesse à un homme, il l'aurait
censurée avec rigueur, charmé de trouver une oc-
casion d'affecter une vaine supériorité, vos conseils
ménagent mon amour-propre Vous daignez me
plaindre. Heureux celui qui méritera les plus ten-
dres affections de votre cœur!

S O P H I E.

Parlons de vous, mon cousin, & de ce qui re-
nouvelle votre agitation.

V O L S A N.

C'est le peu de succès de mes efforts. Depuis huit
jours, je n'ai pas vu Louise, & je sens que je l'aime
plus que jamais. Ah, ma chère Cousine, fixez,
s'il se peut, mes irrésolutions.

S O P H I E, *avec contrainte.*

J'imagine facilement tout ce que la sensibilité
peut coûter de peines !.. Que vous dirai-je encore ?
Quel chagrin pour votre père, s'il découvrait vos
sentiments ! Vous êtes son fils unique, sa seule
espérance. Vous-même, Volsan, vous êtes ambitieux ?

V O L S A N.

Ah ! Si c'est avoir de l'ambition que d'être consu-
mé du désir d'employer toutes mes forces, toutes
les facultés de mon ame pour devenir utile à ma
Patrie; oui, ma cousine je suis ambitieux, personne
ne l'est plus que moi.

SOPHIE.

Nous sommes en Allemagne ; & vous savez combien dans notre Patrie on tient au préjugé de la naissance. Si vous songiez à contracter un mariage aussi disproportionné, tous les chemins de la gloire & des honneurs vous seroient fermés à jamais.

VOLSAN.

J'envisage ces honneurs auxquels mon rang me donne le droit de prétendre, mais je me représente le désespoir de Louise. Que ne suis-je né dans une de ces classes, où l'homme ne doit compte aux autres que de sa probité. Infortunée Louise ! Je te trompe .. Depuis huit jours elle me croit à la campagne.

SOPHIE, *péniblement.*

Plus les circonstances sont difficiles, plus il faut redoubler de courage... Je sens qu'il est des positions qui en demandent beaucoup.

VOLSAN.

J'abandonnerais Louise d'une manière aussi avilissante !...

SOPHIE.

Et si vous la revoyez...

VOLSAN.

Ah, ma cousine, si vous saviez tout !.. N'allez pas concevoir de Louise une opinion défavantageuse, son cœur simple ne soupçonna jamais le mal, elle est toute amour... Cette infortunée, trop confiante dans mes promesses, se croit l'épouse de son amant Eh ! ne l'est-elle pas ?.. Sçachez... (*à part.*) Ah Ciel, qu'allais-je dire ?

SOPHIE, *à part.*

Que ma position est affreuse !

VOLSAN.
Voila mon père.

SCENE III.

SOPHIE. LE COMTE. VOLSAN.

LE COMTE.

JE fuis ravi de vous trouver ici tous les deux. Bonjour ma nièce ; Volfan, j'ai obtenu pour toi ce que tu defirais.

VOLSAN.

Ah, mon père, que je vous remercie ! Je parviendrai bientôt à des grades plus diftingués.

LE COMTE.

Voilà bien la jeuneffe ! A préfent, mon fils, que vous êtes placé avantageufement, il faut fonger à vous marier. (*à ce mot, Sophie fait un mouvement pour fortir.*) Où allez-vous donc, ma nièce ? Reftez, reftez. Oui, mon fils, il faut fonger à vous marier ; on ne fçaurait l'être trop tôt, quand on a été élevé comme vous à l'école des bonnes mœurs, c'eft le moyen de les conferver. Voici le moment de vous faire part à l'un & à l'autre de mon projet.

SOPHIE, *à part.*

Ah Ciel !

VOLSAN, *à part.*

Que va t-il dire ?

LE COMTE.

Il y a déjà longtems que j'ai conçu ce projet, j'ai vu depuis, avec bien de la fatisfaction, que tout concourt à le réalifer. Ma nièce, vous êtes douce

& jolie, vous avez toutes les qualités qu'un hon‑
nête homme peut defirer dans fon époufe, je croïs
que vous feriez le bonheur de mon fils.

VOLSAN.

Mon père.

SOPHIE.

Mon oncle.

LE COMTE.

Eh bien, mes enfants, vous ferez heureux, &
vous réunirez par ce mariage tous les biens de no‑
tre maifon.

VOLSAN, à part.

Quel mortel embarras !

SOPHIE, à part.

Ah, quel coup pour mon cœur !

LE COMTE.

Sophie, tu rougis, tu es toute troublée ; crois‑tu
donc que je n'avais pas deviné qu'il ne t'était point
indifférent ?

SOPHIE.

Mon oncle, je ne crois pas vous avoir jamais
donné lieu de penfer que j'aime mon coufin de la
manière dont vous l'entendez : certainement je
l'aime beaucoup, mais...

LE COMTE.

Je fais bien que les jeunes filles ont de la fierté ;
va, je difpenfe ta bouche de l'aveu, tes yeux me
l'ont fait depuis longtems, & ton trouble me le
confirme.

SOPHIE.

Mon oncle... Epargnez‑moi.

LE COMTE.

Je fais auffi ce que Volfan éprouve pour fa pe‑
tite coufine, c'eft ainfi qu'il l'appelle toujours. Il

déguife fes fentiments fous les beaux noms d'eftime & d'amitié ; c'eft dans l'ordre , mais il épie toutes les occafions de l'entretenir ; & , depuis quelque
tems , fon air rêveur & diftrait m'a fuffifamment
éclairé. J'aurais bien pu l'interroger, mais c'eût été
mal-adroit, & quand j'ai été bien fûr de mon fait..,

VOLSAN.

Permettez...

LE COMTE.

Allons. Volfan, dis-lui au moins quelque chofe ;
c'eft à toi à commencer.

VOLSAN.

Ma coufine connaît l'état de mon cœur, elle fait
ce qui s'y paffe comme moi-même.

LE COMTE.

Ah, tu lui avais fait ta déclaration : nous autres
pères, nous avons la folie de croire que nous ferons
les premiers confidents , je croyais vous mettre fur
la voie, & c'eft moi, qui vous gène ! Je conçois très
bien que la préfence d'un tiers nuit aux épanchements de deux cœurs qui font déjà d'intelligence...
Je me retire.

SOPHIE,

Non, mon oncle, non , c'eft à moi de fortir ;
fouffrez que je rentre dans mon appartement ; (*à
part.*) Ah , quelle épreuve !

SCENE IV.

LE COMTE. VOLSAN.

LE COMTE, *à part.*

VOILA comme elles font toutes, quand on a surpris leur fecret. (*à Volfan.*) Je ne fuis point content de toi : tu ne m'aidais pas.

SCENE V.

LE COMTE. NANETTE. VOLSAN. CHARLES.

CHARLES, *Nanette.*

ENTREZ, entrez, le voilà qui eft avec fon père.

NANETTE.

Ce n'eft qu'à lui feul que je veux parler, & en particulier.

CHARLES.

Que ne le difiez-vous !

VOLSAN, *à part.*

Ah Ciel ! la nourrice de Louife !

LE COMTE.

Approchez, bonne femme, que défirez-vous ?

CHARLES.

Avancez donc, puifque Monfieur le Comte vous le dit.

SCENE VI.

LE COMTE. NANETTE. VOLSAN.

NANETTE, *avec beaucoup de révérence.*

Que je fuis donc joyeufe, Monfieur de Volfan!.. Sauf votre refpect, Monfieur le Comte... que je fuis donc joyeufe de ce que vous voilà revenu de la campagne.

VOLSAN, *à part.*

Quel contretems!

LE COMTE.

De la campagne?

NANETTE, *toujours des révérences.*

Vous le fçavez bien, Monfieur le Comte, il y a huit jours que Monfieur de Volfan était parti.

LE COMTR.

Cette bonne femme pretend que vous avez paffé huit jours a la campagne?

NANETTE.

Tout autant, fi je fais compter.

LE COMTE.

Qu'eft-ce que cela veut dire, mon fils?

VOLSAN, *faifant des fignes à Nanette.*

Mon père, ne favez-vous pas où j'ai paffé ces huit jours?

LE COMTE.

Expliquez-vous donc, ma bonne.

NANETTE, *à Volsan.*

Quel plaisir on aura, quand on apprendra que vous êtes revenu en bonne santé, (*au Comte, avec une révérence.*) Et que Monsieur le Comte se porte bien aussi.

LE COMTE, *à Nanette.*

De qui voulez-vous parler ?

NANETTE.

Monsieur de Volsan me fait signe de me taire ; quoique je ne sois qu'une pauvre femme, je sais ce que c'est que d'être discrette. Tenez, si Monsieur de Volsan permettait, je vous dirais tout, car vous avez une mine de Roi, une physionomie si revenante, que je vous ai aimé tout d'abord... Pardon, Monsieur le Comte, si je me donne la licence de vous dire de ces choses-là.. Mais pour ce qui est de dire ce qu'on me défend, quand vous me donneriez de l'or gros comme moi, vous n'en sçauriez pas plus. Oh !

LE COMTE.

Puisque vous défendez à cette bonne femme de m'expliquer ce mystère, c'est que vous voulez sans doute m'en instruire vous-même.

NANETTE, *poussant Volsan.*

Dites, dites-lui donc ; aussi bien il faudra toujours qu'il le sache.

VOLSAN.

Paix !

LE COMTE.

Vous lui imposez silence : que dois-je penser ?

VOLSAN.

Mon père, n'ayez aucune inquiétude.

Le Comte, *à part.*

L'air de cette femme me raſſure. (*haut*) Quelque petite intrigue, quelqu'étourderie! Tu ſçais que je ſuis bon.

Volsan.

Une intrigue! Une étourderie!.. Non, mon pére, ce n'eſt point une intrigue.

Le Comte.

Ne puis-je donc, Monſieur, en ſavoir davantage?

Volsan.

C'eſt tout ce que je peux vous dire en ce moment; plaignez-moi, mon père, daignez adoucir vos regards: vous ne m'avez point accoutumé a leur ſévérité.

Nanette, *à part.*

Ah! J'ai une démangeaiſon de parler.

Le Comte.

Ah, Volſan, Ah mon fils!.. Confiez-vous, s'il ſe peut, Monſieur, à un meilleur ami.

Volsan.

Mon père, ne me faites pas l'injuſtice de douter de mes ſentimens pour vous.

Le Comte.

Non, je n'en doute pas.

Nanette, *à part.*

Comme cette jeuneſſe eſt têtue!..

Volsan.

Mon père.

Le Comte, *le repouſſant.*

Je vous laiſſe; mais vous me retrouverez toujours, quand vous croirez devoir vous adreſſer a moi; oui, mes bras vous feront toujours ouverts; mon cœur ſera toujours pret à recevoir les épanchements du vôtre, lorſque vous aurez aſſez de

confiance en moi , pour me faire lire dans votre
ame.

SCENE VII.

VOLSAN. NANETTE.

VOLSAN.

Pourquoi êtes-vous venue ici , Nanette ? Je
vous avais dit de ne jamais venir chez mon père.

NANETTE.

C'eſt que Mamſelle Louiſe a tant pleuré , pendant les huit jours que vous avez été abſent. Si
vous l'aviez vu , ça vous aurait fait pitié : elle me
diſait , ma pauvre nourrice , il eſt ſûrement malade ,
car il m'aurait écrit. Va demander des nouvelles
de ſa ſanté ; je ne me le ſuis pas fait dire deux fois.
La pauvre enfant ! Elle eſt bien inquiette , en atten-
dant que je revienne. Je n'ai fait qu'un ſaut de notre
maiſon à votre porte. J'ai trouvé là Monſieur votre
Suiſſe , qui m'a dit que vous vous portiez bien ; &
ſur ce que je lui ai demandé , s'il pouvait vous faire
parvenir une lettre , il m'à dit que je n'avais qu'à
monter vous la remettre moi-même. Je ne me ſen-
tais plus de joie, en montant les eſcaliers, la tête me
tournoit , les jambes me tremblaient...

VOLSAN.

Donne , donne moi vîte la lettre de Louiſe.

NANETTE.

Pourquoi donc avez-vous faché Monſieur votre

père ? Pourquoi ne lui avez-vous pas tout dit ? Dame , vous l'avez promis à Louise : il a l'air si bon !

VOLSAN.

Que Louise soit tranquille !

NANETTE.

Qu'est-ce que je lui dirai de votre part ?

VOLSAN.

Que je l'aime, que je l'adore.

NANETTE.

Viendrez-vous la voir aujourd'hui ?

VOLSAN.

Le plutôt que je pourrai.

NANETTE.

Bien sûr ? Dame , c'est qu'elle se meurt de ne pas
vous voir.

VOLSAN.

Oui , oui : adieu , bonne Nanette ; ma chere
Nanette.

NANETTE.

Ma chere Nanette ! Oh mon Dieu ! comme il est
aimable.

SCENE VIII.

VOLSAN, *seul.*

Lisons , ma main tremble, « Volsan, mon bon
» ami, je ne te vois plus. tu ne m'écris pas, es-tu
» toujours à la campagne ? je tremble pour ta san-
» té ; hélas ! m'abandonnerais-tu ? Non, tu ne peux
» m'abandonner. Viens donc, j'ai bien du chagrin. »
(*Il tombe dans un fauteuil.*) Ah ! Louise, si je l'é-

poufe. j'agis en honnête homme, mais que pen-fera-t-on ? Que dira-t-on de moi ? Je trouverais le bonheur auprès d'elle dans la vie paifible d'un Citoyen ignoré. N'aurais je donc point affez de force pour m'élever au-deffus de ces opinions qui tourmentent les ames faibles? (*Il fe lève.*) Eh, qu'eft-ce que ma grandeur, fi mon cœur n'eft pas plus grand que celui des autres hommes? Décoré de tous les honneurs, je ne ferais à mes yeux qu'un homme ordinaire ; au milieu des enchantemens de l'orgueil, je me rappellerais, avec toutes les angoiffes du remords, ces heures délicieufes que j'ai paffées dans l'humble féjour de Louife... J'ai féduit cette infortunée ! Ah, du moins, je ne l'ai pas enveloppé dans un de ces pièges coupables, où des jeunes gens fans morale furprennent la vertu & l'innocence : l'amour m'avait féduit le premier ; j'ai été fubjugué autant que Louife, le même afcendant nous entraînait tous les deux; quand j'ai réfléchi, il n'était plus tems... « Tu ne peux m'abandonner... » Elle a raifon, il exifte dans fon fein un gage trop facré de mes promeffes... Né avec une ame ardente, l'amour, l'ambition me tyrannifent tour-à-tour; ces mots: tu ne peux m'abandonner... ces mots terribles retentiffent dans mon cœur : la compaffion s'y unit à l'amour le plus ardent. Ah, malheureux Volfan, tu n'as plus que le choix d'un mariage difproportionné, ou de l'infidélité la plus coupable. (*Il tombe appuyé fur une table, la tête foutenue par fes mains.*)

SCENE

SCENE IX.

LE COMTE. VOLSAN.

LA COMTE, *à part.*

COMME il a l'air accablé! Approchons, il eſt dangereux d'abandonner la jeuneſſe à de trop vifs chagrins... (*haut.*) Volſan, un père ne rougit pas de revenir demander la confiance de ſon fils ; la tienne eſt néceſſaire à mon bonheur ; ouvre-moi ton ame , oublie que je ſuis ton pére , ne vois en moi que ton ami... Je ſoupçonne que ce papier contient la cauſe de ton chagrin.

VOLSAN.

Ce papier ?

LE COMTE, *le lui remettant.*

Ne craignez de ma part aucune indiſcrétion, Je voici ; je ne ſais arracher les ſecrets de perſonne , pas même ceux de mes enfants : je voudrais en devoir la confidence à leur amitié.

VOTSAN.

Mon père, qu'un caractère ſi reſpectable ajoute à la ſupériorité que la nature vous a donnée ſur moi ! C'eſt cette ſupériorité que je redoute dans ce moment ; pardonnez , mais je ſens plus que jamais qu'il faut vous taire ma ſituation.

LE COMTE.

Quels peuvent donc être des ſecrets qu'il vous ſoit néceſſaire de me cacher ? Vous me faites frémir. Songez-vous juſqu'où l'imagination d'un père

peut aller ? Vos peines me touchent, & vous n'êtes
pas fenfible à celles qu'une réferve auffi cruelle me
fait reffentir. Je fuis bien à plaindre, puifque le lien
de la confiance n'exifte plus pour nous... Et tu as
le courage de réfifter à mes follicitations !

VOLSAN, *préfentant la lettre.*

Lifez, & plaignez de votre fils.

LE COMTE, *après avoir lu.*

Embraffe-moi, embraffe ton ami.

VOLSAN.

Vous me ferrez dans vos bras !

LE COMTE.

J'ai vu que tu as été faible, & que tu es malheureux. Tu vas éprouver combien il te fera avanta-
geux d'avoir eu confiance en moi ; eh, pour qui
ai-je acquis de l'expérience, fi ce n'eft pour mon
fils ? J'exifte en toi bien plus que dans moi-même ;
je vais te donner des confeils, te confoler, prêter à
ton ame toutes les forces de la mienne, on n'a jamais tout perdu, tant qu'il refte le cœur d'un père...
Cette jeune perfonne, qui t'aime fi éperduement,
& que tu aimes fans doute auffi, fe nomme Louife
Dorimont ? Qui eft-elle ?

VOLSAN.

La fille d'un Peintre.

LE COMTE.

Eh ? comment êtes-vous parvenu à vous intro-
duire chez ce Peintre ?

VOLSAN.

J'apperçois Louife, fa figure me frappe... Si l'on
voulait peindre la candeur, l'ingénuité, c'eft ce
vifage charmant qu'il faudrait prendre pour modèle..
Je vais chez Dorimont, je lui demande des leçons
de deffin, je parais épris de fon art, je ne tarde pas

à l'être réellement; pouvais-je ne point devenir enthousiaste de celui que cultivait le père de Louise? Elle a la beauté d'un ange, mais bientôt je connais les qualités estimables de son cœur, je vois qu'elle est sensible aux soins que je lui rends... j'oublie mon nom, cette soif des honneurs, qui, jusqu'à ce moment, avait seule brulé mon ame; ma raison s'égare, & je m'abandonne à tout le délire de l'amour.

LE COMTE.

Que je vous plains l'un & l'autre! C'est un grand malheur d'aimer une personne née dans une classe où nous ne pouvons choisir l'objet qui doit s'unir à nous.

VOLSAN.

Je l'ai senti trop tard! Ne viendra-t-il jamais une époque heureuse, où les hommes égaux & libres pourront choisir indistinctement la compagné de leur vie dans toutes les classes de citoyens honnêtes; où le bonheur cessera d'être en contradiction avec les préjugés; où l'on ne connaîtra de mésalliance qu'entre le vice & la vertu? Alors un noble pourra élever au rang de son épouse la fille d'un artiste, d'un bourgeois respectable, sans craindre le ridicule, sans être exclu du bonheur d'approcher son prince, & d'aspirer à ces hautes dignités que le vrai patriote n'ambitionne, que parce qu'elles imposent des devoirs plus étendus. La noblesse ne consisterait plus en des convénances frivoles & tyranniques, mais dans l'amour du bien & dans l'accomplissement des promesses. C'est alors qu'elle mériterait des hommages, des distinctions, & qu'elle serait vraiment digne de la pureté de son origine.

LE COMTE.

Mon fils, je defire comme vous cette heureufe révolution dans nos mœurs : mais, dans le pays que nous habitons, nous fommes encore environnés de préjugés ; quand même ceux de la naiffance feraient détruits, ceux qui tiennent à l'inégalité des profeffions & de l'éducation exifteront toujours. Il ne faut pas les refpecter aveuglement : des préjugés ne font jamais refpectables, mais ils font comme ces tyrans auxquels on eft forcé de fe foumettre. Je ne veux pas vous faire des reproches, je veux feulement faire tomber le voile que l'amour a placé fur vos yeux ; un fils du Comte de Volmar s'introduit dans une maifon fimple, où le bonheur habitait fans doute ; il y trompe l'œil confiant d'un père, & attendrit le cœur d'une fille ingénue ; voyez, Volfan, voyez toute l'étendue des torts que vous avez à réparer !

VOLSAN.

Quoi, mon père, vous confentiriez que je les réparaffe !

LE COMTE.

Bien plus, je l'exige.

VOLSAN, à part.

Avouons-lui tout, tout. Sa bonté m'encourage.

LE COMTE.

Oui je l'exige, & je vais vous en offrir les moyens : écoutez-moi.

VOLSAN.

Mon père, fachez...

LE COMTE.

Ecoutez-moi fans m'interrompre ; d'abord je ne crois pas que vous ayiez eu la penfée de féduire

cette fille , & que vous ayiez cherché à lui ravir le
feul bien qu'elle poffede , fon innocence.

VOLSAN, *à part.*

Ah! grand Dieu!

LE COMTE.

Loin de moi de pareils foupçons !

VOLSAN, *à part.*

Je demeure interdit ; non, je n'oferai jamais le
lui avouer.

LE COMTE.

Vous repréfenterai-je , pour affaiblir votre
amour ?

VOLSAN.

Il ne peut l'être , il ne le fera jamais.

LE COMTE.

Vous parlez encore le langage de la paffion , je
fçais que le tems feul peut l'éteindre; vous répréfen-
terai-je les effets prefque toujours funeftes des mariages mal affortis, vous voyez les difgraces de ceux
de vos pareils, qui ont formé de femblables unions?
La plupart n'ont pas même , pour confolation , cet
amour effréné , qui les a perdus; car la durée des
paffions n'eft pas longue , quand elles font extrêmes.
Au lieu de vous condamner a une vie obfcure , où
l'illufion détruite ferait bientôt place aux dégoûts
& aux regrets , uniffez-vous à votre jeune coufine.
Dans cet hymen fortable, vous trouverez l'heureufe
réunion de la fortune , des graces & des vertus;
rappellez-vous cette ambition noble, qui eft le mo-
bile des grandes actions ; foyez digne de vos
ayeux , qui tous ont été d'illuftres Citoyens, ne
refpirez comme eux que pour le fervice de votre
patrie , facrifiez avec courage une paffion , que vous
ne fatisferiez qu'aux dépends de votre gloire , & de

mon bonheur... C'eſt de votre félicité, que j'attends la mienne ; ſi vous fruſtrez mes eſpérances, vous me raviſſez le fruit de vingt ans que je vous ai conſacrés... Ah ! ſi vous avez de la tendreſſe pour votre père, pour votre ami, ne me cauſez pas un chagrin qui empoiſonnerait tout le cours de ma vie.

VOLSAN.

Je vous rendrais malheureux !.. non, mon père... Je ſens que je me dois à la gloire, & à votre bonheur.

LE COMTE, avec dignité.

Tu aimes Louiſe véritablement.

VOLSAN.

Si je l'aime !

LE COMTE.

Va chez elle.

VOLSAN.

Chez elle ?

LE COMTE.

Oui, ne l'abandonne pas comme un lâche parjure, parais devant elle avec courage, dis lui, que je ne conſentirai jamais à vous unir ; elle ſentira par la ſuite, que ton cœur n'a pas dû prolonger une chimère, qui ſerait devenue de jour en jour plus difficile à détruire, & plus funeſte pour ſon repos.

VOLSAN.

Ah ! quel coup je vais lui porter ! Mon père, épargnez moi cette entrevue cruelle.

LE COMTE, avec nobleſſe.

Non ; je veux mettre votre courage à cette épreuve... Si ſon père eſt un honnête homme.

VOLSAN.

Son malheureux père eſt le plus ſenſible, le plus reſpectable, & le plus confiant des hommes.

LE COMTE.

Eh bien, parlez-lui, il sera touché de votre franchise ; sa fille pleurera ; le cœur d'une femme tendre est faible ; vous vous joindrez à lui pour la consoler. Moi je la doterai, je la marierai ; je me charge de tout ce qui pourra leur être nécessaire. Quand ton cœur sera trop plein, ne crains pas de m'être importun, viens à moi, viens l'épancher dans le mien.

VOLSAN.

Ah, mon père...

LE COMTE.

Va tout de suite chez Dorimont.

VOLSAM.

Tout de suite?

LE COMTE, *avec fermeté.*

Oui, je te l'ordonne ; de pareils résolutions doivent-être exécutées sur l'heure, si l'on veut réussir. (*Rappellant Volsan qui s'éloigne.*) Que je t'embrasse !.. Ah ! que n'es-tu venu a moi plutôt !... tu aurais bien moins souffert.

SCENE X.

LE COMTE, *seul.*

VOILA où conduit l'extrême sensibilité ! avec un cœur moins ardent & moins tendre, il n'aurait pas connu les écarts de l'amour. L'aurore de la vie est le moment de ses orages. Je crois avoir pris le bon parti. Mais sa cousine, elle l'adore, je croyais qu'il l'aimait ; & tout autre y eut été trompé comme

moi : si elle perd l'espoir d'épouser Volsan, je la
connais, elle se laissera consumer par la douleur,
en dévorant ses larmes... Consolons cette ame dé-
licate & sensible, soutenons le courage de mon fils ;
& détournons, s'il est possible les maux qui
menacent ma famille.

Fin du premier Acte.

ACTE II.

(Le Théâtre repréſente l'attélier de Dorimont, des tableaux épars, un chevalet ſur lequel il y en a un de commencé, une table, des chaiſes, &c.)

SCENE PREMIÈRE.

NANETTE, LOUISE.

LOUISE.

L'AS-TU vu ? T'a-t-il parlé ? Eſt-il ici ?

NANETTE.

Oui, je l'ai vu ; & ſon père auſſi, qui a l'air d'un bien brave homme.

LOUISE.

Oh ! donne-moi la réponſe.

NANETTE.

Il ne m'a pas donné de lettre !

LOUISE.

Point de lettre !

NANETTE.

Eh ! Laiſſez-moi donc finir : ne vous troublez pas comme ça tout de ſuite ; il m'a dit qu'il viendrait.

LOUISE.

Il viendra ? Tout-à-l'heure ?

NANETTE.

Le plutôt qu'il lui fera possible.

LOUISE.

Hélas !

NANETTE.

Ça me dépite de vous voir si chagrine, quand vous êtes si heureuse.

LOUISE.

Heureuse !

NANETTE.

Oui, vraiment : sans vous offenser, mon enfant, vous n'êtes que la fille d'un peintre, & d'un peintre encore qui ne fait pas mentir le proverbe. Monsieur Dorimont est un brave & habile homme ; je ne vas pas à l'encontre ; il y a de la probité pour tous les états, mais il n'est pas riche, & puis il y a profession & profession. Voilà que vous allez devenir grande Dame, & que vous épouserez le fils d'un Comte !

LOUISE, *comme pour l'interrompre.*

Ma bonne Nanette, je t'aime de tout mon cœur.

NANETTE, *avec bavardage.*

C'est naturel : est-ce que ça pourrait être autrement ? Je vous ai nourrie ; je vous ai vue grandir : une nourrice ! c'est tout comme une seconde mère ; aussi je vous aime ni plus ni moins que si vous étiez mon propre enfant : pour en revenir donc à Monsieur de Volsan, ça vous est tourné comme un Prince, ça n'est pas glorieux du tout... Ma bonne Nanette par-ci, ma chère Nanette par-là... Et ce jour donc ! Mon Dieu, quand j'y songe !.. Ce jour qu'il était si content, il m'a embrassée... Oui, trédame, il m'a embrassée : j'ai bien vu tout-de-suite qu'il était votre fait. Tenez, Louise, si, du terms de ma jeuneſſe, un garçon comme ça m'était venu courtiſer, rien que d'y ſonger ſeulement... Mais il m'eſt avis que le tems change bien les choſes : on a raiſon de dire, qui vivra, verra... Lorſqu'on s'aimait, on était joyeux : je n'ai jamais été ſi gaie que quand je faiſois l'amour avec mon défunt.

L O U I S E.

J'ai confiance dans Volſan, & cependant je ne ſuis pas tranquille.

N A N E T T E.

Si vous aviez vu comme ſon père était curieux de ſavoir ce que je lui voulais !

L O U I S E.

Son père ?

N A N E T T E.

Oui, je les ai trouvés tous deux enſemble, mais je n'ai rien voulu dire devant le père.

L O U I S E.

Volſan ne lui a donc pas dit qui tu étais ?

N A N E T T E.

Bien au contraire... vous voilà encore à pleurer ! Tenez, c'eſt comme ſi vous me déchiriez l'ame... Oh ! votre chagrin fera mourir votre pauvre Nourrice.

L O U I S E, *eſſuyant les yeux de Nanette.*

Eſſuyons nos larmes : voici mon père.

SCENE II.

LOUISE. DORIMONT. NANETTE.

LOUISE.

Papa... Vous venez travailler ?

DORIMONT.

Oui, ma fille, oui, ma chère Louise... Ah ! te voilà ici, bonne Nanette ; as-tu songé à nous avoir quelques provisions ?

NANETTE.

Ils ne m'en ont donné que la moitié de ce qu'il nous faut ; ils disent que c'est la dernière fois qu'ils vous font crédit : je ne sais où en aller prendre pour demain.

DORIMONT.

Je n'ai pas envie de leur faire du tort ? Ne leur as-tu pas dit que j'avais de l'ouvrage pour plus de dix mille francs ?

NANETTE.

Ils s'embarrassent bien de ce que je leur dis : est-ce qu'il est possible d'espérer quelqu'argent de vos tableaux ? l'argent est si rare ! Ne les ai-je pas portés par toute la Ville ? Feu mon mari se mêlait aussi de la peinture ; mais quand il n'avait pas de portes ou d'enseignes à peindre, il faisait des images de Rois : ça s'est toujours assez bien vendu ; nous n'étions jamais en peine de nous en défaire. Oh ! s'il n'était pas mort, quoique vous en sçachiez plus que lui, il vous donnerait de bonnes leçons.

DORIMONT.

Bonne femme... Laisse-nous.

LOUISE.

Nanette, je t'avais dit de prendre cet ouvrage que j'ai fini hier au soir.

DORIMONT.

C'est moi qui lui avais défendu. Laisse-nous, ma bonne, laisse nous.

NANETTE, *en sortant.*

Ah! mon bon Dieu!

SCÈNE III.

DORIMONT. LOUISE.

DORIMONT.

Tu t'es excédée de travail, ma fille; voilà la cause de l'altération de ta santé... Autrefois tu étais si vive, si gaie!.. Cela me consolait de tout; je sais que tu passes maintenant des nuits entières à travailler, je ne le souffrirai pas... Je sais que tu faisais vendre tes ouvrages à mon insçu; je n'entends point cela. Pauvre enfant! Tes mains nourrissaient souvent ton père, tandis que d'autres pères donnent à leurs enfants tout ce qui peut flatter la jeunesse.

LOUISE.

Est-ce votre faute, papa, est-ce votre faute, si personne ne paye votre talent?

DORIMONT.

Oui, mon enfant, j'aurais dû apprendre un métier, j'aurais dû ne pas cultiver un art dont le génie seul peut sentir & apprécier les beautés.

LOUISE.

Ne songez pas à cela... Mettez-vous à l'ouvrage.

DORIMONT, *va vers son chevalet, & Louise à son ouvrage.*

Tu as raison ; quand je travaille, cela suspend mes peines... Oui, quand je suis là, l'œil attaché sur ma toile, & l'ame remplie du grand sentiment de mon art, quand je tiens dans mes mains ces pinceaux, ces couleurs avec lesquels je peux rendre ce que je sens si fortement ; oui, lorsque, par une heureuse imitation, je crois atteindre à la vérité de la nature, un noble enthousiasme s'empare de moi, je brave l'opinion, l'infortune, je serais même le plus heureux des hommes, si je savais ma Louise heureuse.

LOUISE, *courant l'embrasser.*

Comme si je ne l'étais pas, quand je suis avec vous.

SCENE IV.

DORIMONT. NANETTE. LOUISE.

NANETTE, *accourant.*

LE voila ! le voila !

DORIMONT.

Qui, donc ?

NANETTE.

Monsieur de Volsan.

LOUISE, *à part.*

Ah ! je respire.

DORIMONT.

Tu ne pouvais pas nous dire cela plus doucement.

DORIMONT. VOLSAN. LOUISE.

SCENE V.

VOLSAN, *avec embarras*.

Bonjour, Monsieur Dorimont... Bonjour Mademoiselle Louise.

DORIMONT.

Soyez le bien venu, Monsieur de Volsan.

VOLSAN.

Eh... comment va la peinture depuis que je n'ai eu le plaisir de vous voir ? Avez-vous fait quelque ouvrage nouveau ?

DORIMONT.

Mon imagination & mon pinceau ne restent jamais oisifs... J'ai conçu quelques idées, j'ai tracé quelques esquisses, je serais bien aise que vous m'en dissiez votre sentiment ; je vais vous les chercher... Ma fille, tiens compagnie à Monsieur de Volsan ; je vais chercher mes dessins.

SCENE VI.

VOLSAN, LOUISE.

LOUISE, *se jettant dans les bras de Volsan.*

Ah ! Volsan !

VOLSAN.

Ah Louise ! comment te trouves-tu ?

LOUISE.

Bien, je te vois.

VOLSAN.

Chère amie !

LOUISE.

Cher époux !

VOLSAN, *à part.*

Quel titre !

LOUISE.

Ah oui, tu l'es déjà... Le voilà donc revenu !
Je le croyais perdu pour sa Louise !

VOLSAN, *à part.*

Est-il possible de renoncer jamais ? ...

LOUISE, *avec une inquiétude naive.*

Mon ami, je te trouve changé, ton visage est
pâle, ta voix altérée... Ta main est toute tremblante.
As-tu quelques peines ?.. Ah ! dis-les moi, parle,
ou je croirai que tu ne m'aimes plus.

VOLSAN, *avec embarras.*

Ecoute, Louise... (*à part.*) Ah ! que vais-je lui
dire ? (*haut.*) Ecoute... Cette gloire à laquelle le
monde attache tant de prix, cette gloire fatale
s'achète

s'achète souvent bien cher ; il faut la payer quelquefois du bonheur de la vie entière... (*à part*) Je n'ose en dire davantage... (*haut*) Mais, Louise, quelque soit mon sort, je t'ai promis de t'aimer jusqu'à mon dernier soupir, il ne me sera pas difficile de tenir cette promesse.

LOUISE, *très-ingénuement.*

Pourquoi m'en assurer?.. Je ne te comprends pas... Serais-tu donc ménacé de quelque malheur ? Eh! que pourrais-tu craindre, puisque tu m'aimeras toujours, & que tu es bien sûr de moi ?

VOLSAN.

J'aime mon père tendrement.

LOUISE, *avec une inquiétude naïve.*

Est-ce qu'il a quelques chagrins ?

VOLSAN.

Ne dois-je pas m'immoler plutôt que de lui en causer ? Et je lui en causerais de mortels !.. Louise, tu chéris aussi ton père ?

LOUISE, *avec sensibilité.*

Ah ! oui ; mais depuis que j'ai trompé sa confiance, je suis honteuse devant lui. Comme je l'embrassais autrefois ! Avec quelle joie pure je recevais ses caresses !.. O mon ami, mon bon ami ! Avouons-lui tout à ses pieds ! Je n'ai jamais trouvé dans mon ame assez de courage pour le faire.

VOLSAN, *à part.*

Aurai-je la force de supporter sa douleur ?

LOUISE, *avec douleur.*

Tu te parles à toi-même ? Après huit jours d'absence, était-ce ainsi que je devais te revoir ? Ah ! mon ami, Demandons à nos pères de confirmer, de bénir notre union !

C

VOLSAN, *avec defespoir.*

Louife! Louife! Je fuis défefpéré... Ayes plus de courage que moi, donne-moi des armes contre toi-même, tu dois defirer la gloire de ton ami, le bonheur de fon père... Si tu favais comme le fort me punit! Rien de moi ne m'appartient que mon cœur, & tu y règnes feule !.. Le refte eft à mon père, à ma famille, à ma Patrie; leurs voix impérieufes me commandent: fois heureufe, s'il fepeut; il n'eft plus de bonheur pour moi! Ah ciel! Je te fens treffaillir... (*Il tombe aux pieds de Louife.*) Je tombe à tes genoux... Que n'y puis-je expirer!

LOUISE, *faifie.*

Je n'ai pas une goutte de fang.

VOLSAN.

Je vais te devenir odieux.

LOUISE.

Moi te haïr jamais! Tu fais fi cela eft poffible... Mais, par pitié, au nom du Ciel, que veux-tu dire?

VOLSAN.

Que tout m'arrache à toi, que mon père ne confentira jamais à nous unir, & qu'il veut que j'époufe ma coufine.

LOUISE, *éperdu.*

Et notre enfant qui eft là fous mon cœur... Et... Mon père... (*Volfan fe relève vivement.*)

SCÈNE VII.

VOLSAN. DORIMONT. LOUISE (1).

(Dorimont entre avec un portefeuille. Louise, trem-
blante, va s'asseoir dans un coin de la chambre,
Dorimont étale ses desseins sur une table..)

DORIMONT.

PARDON, Monsieur de Volsan, si je vous ai fait
attendre ; mais il m'a fallu rassembler mes desseins.
Voici quelques ébauches que vous verrez avec
plaisir.

VOLSAN, *avec beaucoup d'embarras.*
Il suffit qu'elles soient de vous.

DORIMONT.
Asseyez-vous... Comment trouvez-vous celui là ?

VOLSAN.
Bien, très-bien.

DORIMONT, *avec enthousiasme.*
Et celui-ci ?.. C'est un bon ménage ; est-il un
sujet plus touchant pour un artiste sensible ? je
croyais peindre le bonheur dont ma fille est digne
de jouir, & dont je voudrais déjà être le témoin :
voyez la joie pure empreinte sur le visage de cet
honnête époux, les yeux caressants de cette mère,

____

(1) Pendant toute cette Scène, Louise doit exprimer le trouble,
l'agitation & le désordre d'une ame au désespoir. Ce jeu muet
a été parfaitement rendu par Madame Saint-Aubin.

qui ne sait si elle les portera sur son mari ou sur son enfant; l'enfant qui leur tend ses petits bras.

VOLSAN.

Il est parfait.

DORIMONT, *toujours avec embarras.*

Je l'aime doublement parce qu'il plaît à ma Louise; aussi je lui en ferai présent... Louise, approche-toi, mon amie...

VOLSAN, *voyant le trouble de Louise. à part.*

Je suis au supplice... (*à Dorimont, pour l'empêcher d'appercevoir l'émotion de Louise.*) Et ces esquisses ? Oui, celles-ci... Ah ! faites-les moi voir, est-ce encore quelqu'idée nouvelle ?

DORIMONT, *avec enthousiasme.*

Oui, c'est un projet que je veux exécuter, & que je crois utile. Vous n'ignorez pas que les Artistes anciens savaient produire de grands effets sur leur Nation; j'ai pensé que nous pourrions avoir comme eux cet avantage, si nous représentions des objets intéressans pour l'humanité. Par exemple, est-il rien d'égal aux malheurs, où l'abandon, le mépris, la honte plongent la plupart des victimes de la séduction... (*Volsan se lève brusquement.*) Qu'avez-vous donc ?

VOLSAN, *avec trouble.*

Ne parlons plus de ces objets... Mademoiselle votre fille en est émue.

DORIMONT, *continuant avec chaleur & confiance.*

Oh, je ne crains pas que quelque suborneur cherche à la séduire; voyez, monsieur de Volsan, voyez ces esquisses. Pour prévenir les maux qui sont les suites de la séduction, il faut les offrir aux yeux, il faudroit que de tels sujets fussent nationaux, & que chaque père de famille eut ces tableaux

utiles , qui feraient des fictions fuivies, des romans
muets, dont le but moral n'eſt que trop important
pour le bonheur & la tranquillité des familles... Re-
gardez... (*Déployant un Deffin.*) Celle-ci , triſte ,
morne , abattue , embraſſe les autels qu'elle arroſe
des larmes du repentir... (*Lui en montrant un
autre.*) Celle-ci...

L O U I S E , *s'écriant d'une voix fuffoquée.*

Mon père... Mon père... Ah!.. (*Elle s'éva-
nouit.*)

V O L S A N.

Ah Ciel! Elle a perdu l'uſage de ſes ſens..

D O R I M O N T.

Ma fille... Au ſecours... Ah, quelle idée ai-je eu
de parler de ces tableaux ?.. Nanette, Nanette, au
ſecours...

<hr>

S C È N E   V I I I.

DORIMONT. VOLSAN. LOUISE.
NANETTE.

N A N E T T E , *accourant.*

A H ! Elle eſt morte ; ma pauvre enfant !
DORIMONT, *repouſſant Nanette , qui s'eſt précipi-
tée ſur Louiſe.*

Laiſſez , laiſſez, bonne femme.

V O L S A N , *après une pauſe.*

Elle ouvre les yeux !

D O R I M O N T , *avec tendreſſe.*

Ma fille, ma chère fille, entends la voix de ton

père, qui est au désespoir de t'avoir causé cette impression.

NANETTE.

Elle vit... Ah, mon bon Dieu !

LOUISE, *égarée*.

Otez ces tableaux.. Ah, par pitié, ôtez, ôtez ces tableaux.

VOLSAN, *à part*.

Mon cœur est déchiré ; les cris du remords s'y font entendre.

DORIMONT, *à Nanette*.

Conduisons-la dans sa chambre.

NANETTE.

Oui, oui.

SCENE IX.

VOLSAN, *seul*.

MALHEUREUX, voilà mon ouvrage... Je me jetterai aux pieds de mon père, je lui avouerai l'état de cette infortunée... Quoiqu'il doive m'en coûter ; oui, je le lui avouerai : une fausse honte me retiendrait-elle encore ? S'il n'était pas touché de sa situation, qu'importe ? Il est là une voix qui fait taire toutes les autres. Que n'a-t-elle triomphé plutôt ! Eh, serait-il un cœur assez froid, assez barbare, pour me blâmer ?.. Mais je n'entends rien : serait-elle plus mal ? (*Il s'approche de la porte.*) Elle parle... Son père lui répond... (*Tombant à genoux.*) O Dieu, qui la rendez à la vie, recevez mon serment de lui consacrer la mienne.

SCENE X.

VOLSAN. DORIMONT,

sort de la chambre de Louise, dont la porte est à la droite du Spectateur.

VOLSAN.

Eh bien, Monsieur Dorimont.

DORIMONT.

Cela n'est rien : ces choses-là n'ont que l'effet du moment ; elle s'était excédée de travail, elle marche dans sa chambre, elle est calme, comme si rien ne s'était passé.

VOLSAN, *à part.*

C'est le calme du désespoir ; courons.

DORIMONT.

Vous vous en allez ?

VOLSAN, *avec une agitation qu'il cherche à contenir.*

Oui, il est tard... Je reviendrai vous voir : je suis si ému de ce qui vient de se passer... L'intérêt que je prends, que je dois prendre à ce qui vous touche.. Elle est mieux, dites-vous, elle est mieux !.. Ah, Monsieur, prenez, prenez bien soin d'elle. (*Il sort.*)

DORIMONT.

Cela se recommande-t-il à un père ?

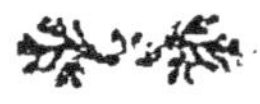

SCENE XI.

DORIMONT. NANETTE.

DORIMONT.

Eh bien, Nanette ?

NANETTE.

Ah ! Monſieur, il n'y paraît plus : elle eſt aſſiſe auprès de ſa table...

DORIMONT.

Va, ma bonne, va... Je vais retourner auprès d'elle.   (*Nanette ſort.*)

SCENE XII.

DORIMONT. LOUISE, *qui paraît à ſa porte.*

DORIMONT.

Te voilà, ma fille ?

LOUISE, *affectant le calme.*

Oui, papa... Oui, je n'ai plus rien du tout.

DORIMONT, *l'embraſſant.*

Ma pauvre Louiſe !

LOUISE, *d'un air honteux, & avec des regards inquiets.*

Bon papa !.. Je vais aller chercher mon ouvrage.   (*Elle rentre avec trouble.*)

SCENE XIII.

DORIMONT, *seul.* LOUISE, *ensuite.*

DORIMONT.

J'AI eu tort; son imagination reçoit trop vivement les impressions; j'aurais dû ménager sa sensibilité; cela ne m'arrivera plus. Replions ces desseins qui ont causé tant d'émotion à ma Louise. (*En repliant ses desseins, il les examine de nouveau : pendant ce tems, Louise traverse le Théâtre avec précaution, de peur d'être apperçue ; elle sort précipitamment, lorsqu'elle est près de la porte, en faisant un mouvement de résolution; & laisse la porte ouverte.*) Mettons-nous à l'ouvrage ; je n'ai encore rien fait d'aujourd'hui. (*Il s'assied devant son chevalet, de manière qu'il tourne le dos à la porte d'entrée, il peint.*) Ma pauvre fille ! Ah, sans elle, je serais seul sur la terre.

SCENE XIV.

DORIMONT. LE COMTE.

LE COMTE, *à part, sans être apperçu de Dorimont.*

CE malheureux père ! Sa sécurité me touche. Elle va devenir mère !... Voilà tout ce que Volfan a pu prononcer dans son trouble ! Réparer les fautes des enfants, tel est donc l'emploi des pères ! Il en est de si délicates ! Quel parti proposer à cet homme, si son ame est honnête... (*haut.*) Monsieur... Monsieur...

DORIMONT, se levant.

Ah, Monsieur ? A qui ai-je l'honneur de parler ?

LE COMTE.

Je suis le père d'un de vos élèves, de Volsan.

DORIMONT,

Pardon, Monsieur le Comte, Monsieur votre fils sort d'ici.

LE COMTE.

Je l'ai rencontré à deux pas de votre maison, il m'a parlé... Mon fils vous est fort attaché, Monsieur Dorimont.

DORIMONT.

Je sçais qu'il a de l'amitié pour moi, & j'ai pour lui la plus haute considération : il a une ame sensible, brûlante, de l'imagination, du génie même ; il est enthousiaste de la peinture, c'est le jeune homme le plus honnête que j'aye jamais connu.

LE COMTE, à part.

Peut-on attaquer plus sensiblement le cœur d'un père ?

DORIMONT.

Je vous félicite bien, Monsieur le Comte, d'avoir un fils comme Monsieur de Volsan.

LE COMTE, à part.

Comment lui dire si promptement ?... (*haut, avec embarras.*) Monsieur Dorimont, faites-moi le plaisir de venir souper chez moi aujourd'hui.

DORIMONT, avec franchise.

Non, monsieur le Comte, je n'aurai point cet honneur-là.

LE COMTE.

Pourquoi ?

DORIMONT.

J'aurai l'honneur d'aller chez vous, si vous le desirez, pour prendre vos ordres.

LE COMTE.

Ne puis-je savoir le motif qui vous empêche d'accepter mon invitation ?

DORIMONT, *avec fierté.*

Pardonnez à ma franchise & à la singularité de mon caractère ; mais quand des seigneurs invitent un Artiste à leur table, ce n'est guères que pour leur propre vanité. Ils ne peuvent jamais descendre tout-à-fait jusqu'à nous.

LE COMTE.

Rendez-moi plus de justice.

DORIMONT, *avec fierté.*

Je ne prétends pas dire, Monsieur le Comte, que vous soyiez de ce nombre, mais me répondrez-vous de tous vos convives, & même de l'insolence d'un valet ?

LE COMTE, *à part.*

Avec un homme de ce caractère, ma position devient encore plus embarassante. (*haut.*) Rendez-moi plus de justice. Malheur à celui qui croirait s'élever, en rabaissant l'artiste, dont les ouvrages & les talents font le charme & la consolation de la vie ! Le génie est, après la vertu, le plus beau droit qu'un homme puisse avoir aux égards & à l'estime de ses semblables.

DORIMONT, *avec bonhomie.*

Tenez, Monsieur le Comte, je n'ai pas de hautes prétentions ; si je trouvais toujours à me défaire de mes ouvrages, je serais très heureux comme je suis

LE COMTE, *avec une sensibilité contrainte.*
Vous seriez heureux ?

DORIMONT.
Oui, comme Artiste & comme père

LE COMTE.
Comme père ?... j'ai ouï dire que vous aviez une fille.

DORIMONT, *avec chaleur.*
Elle fait ma richesse & ma gloire.

LE COMTE, *péniblement.*
Monsieur Dorimont, le bonheur d'être père est mêlé de beaucoup d'amertumes.

DORIMONT.
Trop heureux qui peut l'être !

LE COMTE, *toujours péniblement.*
Par exemple, avant de mettre une fille à l'abri des dangers qui menacent sa jeunesse...

DORIMONT, *avec sécurité.*
Je ne crains pas ces dangers-là pour la mienne, son amour pour son père, ses principes, la pureté de son cœur...

LE COMTE, *avec le plus grand embarras.*
Cette règle n'est pas toujours sûre ; il en est sans doute que l'orgueil, l'intérêt, ou les mauvais exemples, ont livrés à des écarts impardonnables ; mais les cœurs ingénus & vertueux même, sont quelquefois susceptibles des affections les plus vives. Une jeune personne qui serait dans ce cas, & qui n'aurait pas été exactement surveillée, pourrait paraître excusable... du moins aux yeux de ses parents, si elle s'était abandonnee avec trop d'ardeur & de confiance à un sentiment dont elle n'aurait pu prévoir les suites, & à des espérances chimériques, dont l'illusion aurait flatté son inexpérience....

DORIMONT, *toujours avec assurance, mais étonné.*

C'est souvent la faute des parents ; moi, je n'ai jamais employé avec ma fille trop de sévérité : mes occupations, mon art, ne m'ont pas permis, il est vrai, d'avoir pour elle les mêmes soins que ma femme aurait pris si elle avait vécu; mais nous sommes amis; je suis sûr qu'elle me confierait les premiers mouvements de son cœur. Oh ! je suis bien tranquille.

LE COMTE.

C'est mal connaître le cœur humain : croyez que sur un point aussi dangereux, aussi délicat, la fille qui chérit le plus son père, est toujours très réservée, quand elle n'est pas préssentie par lui. Il y a si loin de nous à nos enfans. La timidité, l'habitude du respect leur ferme la bouche, & souvent l'amour a fait bien du chemin, avant qu'un père s'en soit apperçu.

DORIMONT, *avec une longue surprise.*

Monsieur !... comme la conversation a tout-à-coup changé !

LE COMTE.

Puisque nous sommes sur ce chapitre, dites-moi, Monsieur Dorimont, si un homme de condition, épris de votre fille, s'en était fait aimer & que...

DORIMONT.

Voilà une singulière question.

LE COMTE.

Et que...

DORIMONT, *avec chaleur.*

Prince, Comte ou Marquis, celui qui aurait cherché à séduire ma fille...

LE COMTE, *d'un ton affectueux.*

Doucement, Monsieur Dorimont.

DORIMONT, *avec beaucoup de force.*

Que m'importe le rang ? Je suis homme, & citoyen : à ces titres, nul n'a le droit de m'outrager
avec impunité.

LE COMTE.

Entre deux personnes sensibles & très jeunes ; il
n'y a d'autre séducteur que l'amour...

DORIMONT, *avec inquiétude.*

Je ne reçois personne qui soit au dessus de mon
état, excepté Monsieur votre fils, qui a du goût
pour mon Art, & que je crois honnête... Mais, Monsieur le Comte, ce n'est pas sans dessein que vous
m'avez honoré d'une visite... Ce n'est pas sans
dessein que vous avez amené la conversation sur ce
sujet ; ce n'est pas sans dessein que vous m'avez fait
une question.

LE COMTE, *avec noblesse & bonté.*

Donnez-moi votre main. Parlons en hommes,
en pères. . .écoutez-moi tranquillement. (*On voit
Nanette traverser le Théâtre & entrer dans la chambre de Louise.*

DORIMONT, *très allarmé.*

Je vous écoute.

LE COMTE.

Mon fils aime votre fille.

DORIMONT.

Il se pourrait ?

LE COMTE.

Et il en est aimé.

DORIMONT.

Ah ! que me dites-vous ?

LE COMTE.

La vérité.

DORIMONT.

Eh comment?

LE COMTE.

Apprenez... (*On entend un cri & Nannette ac-court d'un air effaré*)

SCENE XV.

DORIMONT. LE COMTE. NANETTE.

DORIMONT, *vivement.*

NANETTE, que signifie ce bruit, cet air égaré? Qu'avez-vous? Ou allez-vous?

NANETTE.

Ah! Monsieur, l'avez-vous vue? sçavez-vous où elle est?

DORIMONT.

Qui?.. Que voulez-vous dire?

NANETTE.

Elle n'est pas dans sa chambre.

DORIMONT.

Ma fille?...

LE COMTE, *à part.*

O Ciel!

DORIMONT, *avec surprise & douleur.*

Elle serait sortie? Elle ne sort jamais. Eh! où se-rait-elle allée?.. après ce que je viens d'apprendre, après cet évanouissement!

LE COMTE.

En entrant dans votre maison, j'en ai vu sortir une jeune personne... Il se pourrait...

NANETTE, *avec vivacité.*

Ah oui, Monsieur, oui, c'est elle-même.

DORIMONT, *d'un ton sombre.*

Elle serait sortie.

NANETTE, *en pleurant.*

Ma Louise, ma pauvre enfant!...

DORIMONT, *à Nanette violemment.*

Pourquoi l'as-tu quittée, il faut me la trouver... Cherchons-la.... Je cours... Pardon, Monsieur... Ah! Où est-elle? Où est-elle allée? (*Il sort.*)

NANETTE, *toujours pleurant.*

Oui dà! Prenez-vous en donc à moi; on est joliment remercié de ses services... Et cette pauvre Louise! J'en mourrai, j'en mourrai, c'est sûr. (*Elle sort.*)

SCENE XVI.

LE COMTE, *seul.*

VOILA donc ce bien si envié, si désirable, ce bonheur d'avoir des enfants : cette malheureuse fille fuit la maison de son père.. L'infortuné! J'étais prêt à lui apprendre... Il allait savoir... Ce père imprudent est, je crois, un honnête homme. Il paraît fier, franc, sensible ; mais sa fille! Un tel écart, un tel oubli de soi-même ne peut être que le

fruit

fruit du vice ou de la plus simple innocence. Dois-je donc écouter le sentiment d'humanité qui parle à mon cœur, ou dois-je m'armer de toute l'autorité que la nature & les loix m'ont donnée sur mon fils? Ah ! dans l'incertitude où je suis, ce dernier parti est le plus sûr pour ma gloire & pour son bonheur. Allons calmer cette ame impétueuse : s'il est quelque moyen de réparer tant de maux, le Ciel me les inspirera sans doute ; mais gardons nous d'écouter une pitié aveugle, dont les effets seraient plus funestes à ma famille, que les malheurs que j'aurais voulu éviter.

Fin du second Acte.

D

ACTE III.

(Le Théâtre repréfente le même Sallon qu'au premier Acte, une table, des fauteuils.)

SCÈNE PREMIÈRE.

SOPHIE, *feule.*

MON oncle a furpris mon fecret... Eh, pouvait-il ne pas le lire dans mes regards, dans mon trouble?.. Volfan! ingrat Volfan! ton cœur eft à une autre, & je pourrais t'époufer?.. Non, non. Plutôt m'enfevelir dans une retraite éternelle!..(*Tirant un portrait de fa poche.*)C'eft donc là fon image, cette image chérie, & que je devrais ne plus regarder... Je devrais auffi l'effacer de mon efprit, de mon cœur. Quand je raffemblais ainfi tous les traits de fon vifage, j'éprouvais un fentiment doux & pénible tout-à-la fois... (*fixant le portrait.*) C'eft lui... Oh! c'eft lui-même, & combien il s'en faut encore que ce foit lui? (*Elle pofe le portrait fur la table.*) Détournons mes yeux de ce portrait.. Sa vue me fait trop de mal... Mon cœur eft bon; il n'eft pas né pour haïr; & cependant je crois que je fens des mouvements de haine contre celle qui eft aimée de Volfan.

SCÈNE II.

SOPHIE. CHARLES.

C H A R L E S, *accourant.*

UNE jeune fille voudrait parler à Mademoiselle.

SOPHIE.

Qui eft-elle ?

CHARLES.

Elle ne veut pas le dire... Elle pleure... Je crois qu'elle a la tête un peu troublée, mais elle fait pitié.

SOPHIE.

Sçachez qui elle eft.

LOUISE, *derrière le Théâtre.*

Je veux lui parler... Je veux lui parler.

CHARLES.

L'entendez-vous, Mademoiselle ?

SOPHIE, *à part.*

Serait-ce ?.. Si c'était... (*haut.*) Qu'on la laiffe entrer !

SCENE III.

SOPHIE. LOUISE.

LOUISE.

AH, Mademoiselle! je tombe à vos genoux, Mademoiselle... Daignez m'écouter... Il est à moi... Si vous saviez... Ah, Mademoiselle, on dit que c'est vous... (*Sophie veut la relever.*) Non, non... Je ne sortirai pas de la place où je suis que vous ne m'ayez exaucée.

SOPHIE, *d'un ton tremblant.*

Relevez-vous; par grace, relevez-vous... Eh ! Qu'est-ce que vous desirez?

LOUISE, *avec une sensibilité ingénue.*

Rendez-le moi.

SOPHIE.

Qui ?

LOUISE.

Lui, qui est tout; lui, qui est à moi.

SOPHIE, *à part.*

Je ne me trompais pas,.. C'est elle.

LOUISE, *avec ingenuité & désordre.*

Je suis la fille de Dorimont.... Ah ! mon pauvre père !.. Que fait-il à présent ? Il me cherche... Il est au désespoir... Et moi, je cherche... Où est-il ? Ah ! Mademoiselle, ayez pitié de moi.

SOPHIE.

Eh! Que puis-je pour vous ?

LOUISE, *avec ame.*

C'est à moi qu'il appartient par ses promesses & par un lien,,,. Rendez-le moi.

SOPHIE, *à part, en détournant la tête.*
Ah, comme elle l'aime aussi !

LOUISE, *sanglottant*
Vous parlez toute seule ! Vous ne daignez pas
m'adresser la parole ?.. On ne m'écoute pas, on
me rebute, on me méprise... Je suis pourtant bien
à plaindre ! (*Elle pleure.*)

SOPHIE, *essuyant les larmes de Louise.*
Ne pleurez pas ainsi ; soyez plus raisonnable.

LOUISE, *avec désordre.*
Non ; ma raison me quitte... Je voudrais qu'elle
ne revint jamais, je voudrais que tout ce qui est
n'existât que dans mon imagination... Je voudrais...
Que ne voudrais-je pas être, pour ne pas perdre
Volfan !

SOPHIE, *d'un ton douloureux.*
Et vous me le redemandez !

LOUISE, *avec ame.*
Mademoiselle... Il m'a parlé de vous... Il m'a
dit que vous étiez bonne, généreuse... On veut
que vous l'épousiez... Ah Ciel ! ôter la vie, c'est
peu de chose... Mais ôter ce qui est plus que la vie,
ce qui est tout !..

SOPHIE.
Au nom de Dieu, calmez-vous, Mademoiselle.

LOUISE.
Que je me calme, & avant que je sache !... Ah!
si vous saviez !... Il faut, il faut que j'aye Volfan,
ou que je meure.

SOPHIE, *avec beaucoup de sentiment.*
Vous me déchirez le cœur ?.. Embrassez - moi,
ne me haïssez pas... Pauvre petite !.. Je voudrais
qu'il dépendit de moi; si vous pouviez juger de l'ef-

fort que mon ame se sait ! Ah, je suis plus malheureuse que vous , vous êtes aimée.

L O U I S E , *avec désorare & beaucoup de douleur.*

Oui , je le suis... je l'étais... Mademoiselle , vous
pleurez ! vous souffrez !.. Ah ! si je pouvais ; mais je
ne peux, je n'ose... Je ne suis pas seule... Rendez-le
moi , ou j'expire à vos pieds.

S C E N E I V.

LE COMTE. LOUISE. SOPHIE.

L E C O M T E , *à part.*

C'EST sans doute cette infortunée !.. (*Il s'approche , relève Louise, qui se laisse asseoir dans un fauteuil , & appuie avec egarement sa tête sur la table.*)
Sophie , laissez-nous.

S O P H I E.

Mon oncle...

L O U I S E , *tandis que le Comte accompagne Sophie,
relève sa tête , & apperçoit le portrait de Volsan
qu'elle met sur son cœur.*

Que faisais-tu là? c'est à nous que tu appartiens...
Ta physionomie me rassure... ce n'est pas celle d'un
trompeur.

SCENE V.

LE COMTE. LOUISE.

LE COMTE, *revenant vers Louise.*

Qu'avez-vous, Mademoiselle?

LOUISE, *fixant le portrait avec une joie d'égarement.*

C'est lui!.. c'est lui!..

LE COMTE.

C'est Volsan!

LOUISE, *ingénuement, en se retournant.*

Où est-il? Le connaissez-vous?... Que je vous plains de le connaître!... Ah! Monsieur, il vous abandonnera... (*s'appercevant que Sophie est sortie.*) Ciel.... elle n'est plus ici! elle n'y est plus! Est ce qu'elle me fuit?.. (*parcourant la scène.*) Mademoiselle!... Mademoiselle, ne me fuyez pas... (*Le Comte la retient.*) Laissez-moi la chercher, la fléchir... elle me fuit! tout est perdu pour moi.

LE COMTE.

Elle ne vous fuit pas : écoutez-moi... elle ne vous fuit pas.

LOUISE, *se laissant ramener, & du ton le plus ingénu.*

Bien sûr?... je me fie à vous.

LE COMTE.

Vous êtes, je le vois, la fille du Peintre Dorimont.

D 4

LOUISE, *ingénuement.*

Et l'épouse promise de Volsan ; & je suis venue pour le redemander.

LE COMTE.

Asseyez-vous. Volsan a promis de vous épouser ?

LOUISE, *avec sentiment.*

Et le Ciel l'a entendu : il n'y a que des hommes qui puissent s'opposer à tant de bonheur. Monsieur, avez-vous aimé ?

LE COMTE.

Si j'ai aimé !... Si j'ai aimé !...

LOUISE, *avec une joie d'égarement.*

Grand Dieu ! je te remercie. Voilà un être qui m'entendra, qui aura pitié de moi, qui ne jettera point un regard froid sur mes douleurs... Ah ! sentez-vous tout le bien que votre présence me fait ?

LE COMTE, *à part.*

Elle me touche. . (*haut.*) Si vous aimez bien Volsan, vous ne voulez pas l'exposer à devenir malheureux ?

LOUISE.

Non, jamais, jamais.

LE COMTE.

Vous n'ignorez pas sans doute que le hasard le fit naître homme de qualité ?...

LOUISE, *ingénuement.*

Je l'aimais tout de même ; cela ne l'empêchait pas de m'aimer... Lui malheureux ! Je l'ai vu si heureux d'être aimé de sa Louise !...

LE COMTE.

Pour n'en devenir que plus infortuné par la suite.

LOUISE, *avec sensibilité & chaleur.*

Oh, non, cela n'est pas possible... Monsieur, il fuyait le monde pour venir auprès de moi... Il avait

un air si doux, si tendre. Il semblait devoir être si
fidèle ! Son cœur chercha le mien , & il le trouva.
Il eut bientôt tout mon amour, toute ma confiance : il ne peut pas, il ne doit pas en abuser...
Mon ame est pure , il n'a pas voulu la flétrir, il ne
s'est point fait un jeu de mon innocence... Est-ce
ma faute à moi si le Ciel m'a fait si sensible ? Monsieur, puisque vous le connoissez, au nom de Dieu ,
faites que je le voie !

LE COMTE.

Eh bien , vous le verrez encore une fois.

LOUISE, *avec une joie de délire.*

Je le verrai... Ah, vous êtes un ange que le Ciel
m'envoie ! (*Elle rebaise le portrait.*) Volsan...
Volsan... Je te verrai...

LE COMTE.

Il viendra : jusqu'à ce moment soyez tranquille.

LOUISE, *avec douceur.*

Ah, oui, puisque je dois le revoir.

LE COMTE.

Oui, vous le reverrez.

LOUISE, *avec désordre.*

Oh, comme je suis soulagée ! Mais viendra-t-il
tout de suite ? Monsieur, c'est son père qui est
cause... Vous avez un air si bon, qu'il m'inspire de la
confiance... Vous êtes un de ses amis ! un de ses pa-
rens peut-être ! je le croirais à l'amitié que je me sens
pour vous. Vous êtes tout mon espoir. Oui, Monsieur, c'est son père qui est cause. Voyez à quoi tient
le bonheur ! Si Volsan était seul, je suis bien sûre...

LE COMTE, *à part.*

Eprouvons son cœur... (*haut.*) Faudrait-il donc
pour votre bonheur que son père n'existât plus ?

LOUISE, *avec la plus grande force.*

Moi ! Moi ! defirer !.. Ah, Monfieur, vous con‑
naiffez bien mal le cœur de la pauvre Louife... Il
me rend bien malheureufe, mais que Dieu qui
m'entend prenne fur mes jours pour ajouter aux
fiens ! Il a donné la vie à Volfan ; jugez s'il m'eft
cher ! Il eft père, il doit être fenfible... Que ne
puis-je le voir !.. Il ne m'écouterait pas fans bonté,
fans pitié... Je lui dirais tout... Il faurait tout... Je
fuis auffi fa fille... Il entendrait une voix que fon
cœur ne méconnaîtrait pas... Encore ce fervice,
Monfieur, faites-moi voir le père de Volfan !

LE COMTE, *cédant à l'attendriffement, à part.*

Malheureufe fille ! Vous le voyez.

LOUISE, *d'un ton déchirant.*

Grace, grace ! Vous, qui êtes auffi mon père,
grace !

SCENE VI.

LE COMTE. LOUISE. VOLSAN.

VOLSAN.

LOUISE avec mon père ! Ah, Louife !

LOUISE, *s'élançant vers Volfan.*

Te voilà !.. (*mettant la main fur fon cœur.*) Il ne
me quittera plus.

LE COMTE, *à part.*

Je ne puis réfifter à fa douleur. (*haut.*) Mal‑
heureufe.

V.OLSAN.

Ah, ma Louise !

LOUISE, *avec douceur & ingénuité.*

Oui ta Louise... Mon ami, adreſſons-nous à ton père, il a vu mes larmes ; elles l'ont attendri.

VOLSAN.

Regardez-la, mon père, voyez ſon air honnête & ſimple, le charme & la douceur de ſa phyſiono-mie qui eſt le ſymbole de ſon ame ; me trouvez-vous ſi coupable à préſent ?

LOUISE, *très-ingénuement.*

Quand je vous diſais qu'il ne m'aurait jamais quitté de lui-même, je le ſavais bien... Eh ! quels ſont les méchants qui auraient le cœur de nous ſé-parer ? Ah, Monſieur, par pitié, uniſſez-nous.

LE COMTE, *à Volſan.*

Vous avez réduit au déſeſpoir cette fille ingé-nue... Et votre Couſine, & moi !..

LOUISE, *avec ſentiment.*

Je voudrais que perſonne ne ſouffrît.

VOLSAN, *avec force & chaleur.*

J'ai réſolu de remplir mon devoir : Louise, tu ttiomphes de deux paſſions que ton ame ne connaît pas ; l'ambition & l'orgueil m'ont livré des com-bats pénibles, mais je n'ai pas ceſſé un inſtant de t'aimer. Je jure par ce qu'il y a de plus ſacré de n'a-voir jamais de compagne, d'épouſe, que Louise... Aucune puiſſance de la terre ne ſerait aſſez forte pour m'en détourner. Je dois remplir ma promeſſe, lui rendre l'honneur, rendre un père à ſon enfant..

(*à ſon père qui ſe détourne attendri.*)

Ce mot vous émeut... Ah, ne vous efforcez pas de cacher votre attendriſſement ! Prenez pitié de cette infortunée, de votre fils. Louise, tombons aux pieds de mon père... Son aveu conſacrera notre union... Il la bénira... Mon père... Mon père... Vous y consentez... N'est-ce pas que vous y consentez ?

LE COMTE, *avec noblesse & bonté, après une pause.*

Voyez, Volsan, voyez où conduisent les passions effrénées. Je pourrais, en déployant l'autorité paternelle, rendre vos remords vains & tardifs ; je pourrais condamner à l'ignominie cette jeune infortunée... (*à Louise qui fait un mouvement d'effroi.*) Rassurez-vous ; l'honneur de mon fils est le mien, & mon cœur vous avait déjà nommé ma fille... Relevez-vous, je consens à votre union... Embrassez-moi tous les deux.

VOLSAN.

Ah ! mon père...

LOUISE, *éperdue de joie.*

Ah ! Monsieur, vous me donnez la vie... Je vous dois tout.., tout... Je ne puis parler... La joie... le saisissement... Ah, Volsan, je suis ta femme... Mais où est mon père... Courons, courons dans les bras de mon père.

SCÈNE VII, *& dernière.*

LES PRÉCÉDENS, DORIMONT. NANETTE.

DORIMONT, *d'une voix forte.*

Elle est ici ! On me l'a dit, entrons.

NANETTE, *accourant derrière.*

Où est-elle ? Où est-elle ?

DORIMONT, *avec énergie.*

Viens, ma fille.

NANETTE.

Cette chère enfant ! La voilà donc retrouvée !

DORIMONT, *à Louise*, *en l'entraînant*.

Sortons, fortons de cette maifon.

LE COMTE.

Voyez, elle s'élance dans le fein de fon époux.

DORIMONT, *avec fureur*.

Son époux ? Ce féducteur ! Puiffe le Ciel entendre la malédiction que je prononce fur lui.

LOUISE, *avec la plus grande force*.

Grand Dieu ! N'exauce pas mon père !

VOLSAN.

Monfieur... Ne refufez pas d'être mon père.
Vous aviez pour moi de l'eftime & de l'amitié.

DORIMONT.

Point de mariages entre gens de conditions iné-
gales !

LOUISE, *avec la plus vive chaleur, au Comte.*

Monfieur, priez-le pour moi... Ah, priez-le tous
pour moi...

LE COMTE. *à Dorimont.*

Mon ami, nous ne fommes plus les maîtres de
refufer notre confentement. Volfan, embraffez
votre beau-père.

DORIMONT, *après avoir embraffé Volfan.*

Ah, Monfieur le Comte.

NANETTE, *fautant au cou de Louife.*

Je favais bien, moi, qu'ils fe marieroient !
Je l'avais toujours dit, ils étoient faits l'un pour
l'autre.

LE COMTE.

Allons, Monfieur Dorimont, diffipez vos crain-
tes.

DORIMONT.

Trop souvent, après les premières années de l'amour...

LOUISE.

Je n'ai pas peur de cela.

VOLSAN, *montrant son cœur.*

Et voilà mon garant.

LE COMTE.

Mes enfants, vous venez d'eprouver qne les écarts de l'amour peuvent avoir des suites heureuses, mais le plus souvent elles en ont de très funestes. Votre exemple, loin de séduire la jeunesse, doit au contraire l'effrayer & la contenir.. Combien il en est qui ont commis la même faute, & qui n'ont pu la réparer! combien d'infortunés que l'avarice ou l'orgueil de leurs parents ont livré à l'opprobre & à des regrets éternels; mais je n'ai consulté que mon ame! elle me dit en ce moment, que si les passions extrêmes égarent quelquefois la prudence, rien ne doit jamais dispenser d'être honnête homme.

FIN.

DRAMES et COMÉDIES

Qui se trouvent chez C A I L L E A U , *& fils*
Libraires-Imprimeur , rue Galande , N°. 64.

A.

ABDOLONIME, ou le Roi berger.
A bon Chat, bon Rat.
A bon Vin point d'enseigne.
Alexis & Rosette.
Amant de retour. (l')
Amour & Bacchus au Village. (l')
Amour Quêteur. (l')
Amour Suisse. (l')
Amours de Monmartre. (les)
Anglais à Paris (l')
Anglais (l') déguisée.
Arlequin muet.
Arlequin Roi dans la Lune.
Artisan Philosophe. (l')
Aveux imprévus. (les)
Avocat Chansonnier. (l')
     Bal Masqué. (le)
Ballon. (le)
Barogo.
Bataille d'Antioche. (le)
Battus payent l'amende. (les)
Bayard.
Bienfaisans. (les)
Bienfait anonime. (le)
Bienfait récompensé. (le)
Blaise le Hargneux.
Bon Seigneur. (le)
Bon Valet. (le)
Bonnes gens. (les)
Boniface Pointu.
Bons Amis. (les)
Bottes de foin. (les)
Brebis (la) entre deux Loups.
    Cabinet de Figures. (le)
Cacophonie. (la)
Café des Halles. (le)
Ça n'en est pas.
Caprices (les) de Proserpine.
Carmagnol & Guillot Gorju.
Chacun son Métier.
Cent Ecus. (les)
Cent Louis. (les)
Consultations. (les)
Corbeille enchantée. (la)
Christophe le Rond.

Churchill amoureux.
Colporteur supposé. (le)
    Dangers des Liaisons. (le)
Défauts Supposés. (les)
Déguisemens Amoureux, (les)
Déguisemens, (les)
Déserteur, Drame.
Devin par hasard. (le)
Deux (les) font la paire.
Deux Fermiers. (les)
Deux Fourbes. (les)
Deux Locataires. (les)
Deux Sœurs. (les)
Deux Sylphes. (les)
Dinde du Mans. (la)
Diogène Fabuliste.
Double Promesse. (la)
Dragon (le) de Thionville.
Duc (le) de Montmouth.
Duel (le)
Dupes de l'Amour. (les)
    Échange (l') des deux Valets.
École des Coquettes. (l')
Écoliers devenu Maitre. (l')
Écossaise. (l')
Écouteur aux Portes. (l')
Emménagement de la Folie. (l')
Enrôlement supposé. (l')
Epoux réunis (les.)
Ésope à la Foire.
Espiéglerie amoureuse. (l')
Etrennes de l'Amour , (les)
Eustache Pointu,
    Fanfan & Colas.
Fanny.
Faux Talisman. (le)
Fausses Consultations. (les)
Fausses Infidélités. (les)
Faux Ami , Drame. (le)
Faux Billets Doux. (les)
Femme comme il en a peu. (la)
Femme & le Secret. (les)
Fête des Halles. (la)
Fête Villageoise. (la)
Fin contre Fin.
Fête de Campagne (la)